여자들만의 식탁

김경조 제7시집

여자들만의
식탁

이지출판

계절이 시간을 지키지 못한다
순서가 사라진 것은 규칙이 무너진 것이고
예의와 염치를 엿볼 순간마저
우리의 것에서 썩 멀어지고
우리를 넘어서는 것을 탐한다는 얘기다

이른 봄날
바람이 갑자기 뜨거워져
봄을 준비하던 모든 꽃들이
한꺼번에 웃었다
동시에 울었다
벌나비 없는 세상에서 꽃들은
잠깐은 웃었고
긴 시간 기다림으로 밤낮을 울었다

봄길을 오래 걸었다

반듯하게 골 타진 넓은 황토밭이 참꽃과
그렇게 잘 어울릴 줄 여태까지 몰랐었다
사람 마음이 저 밭처럼 넓고 반듯하여
무엇과도 잘 어우러지길 바랐다

또 그 어른의 소원처럼
선한 사람 많은 세상이 되길 바라며
봄날 먼 길을 걸었다

이 시집을 만나는
여러분들의 나날이 넉넉하시길
바래임 합니다

계묘 2023년 초가을
삼성산 풍아재에서

익숙한 냄새

자연의 냄새

타인의 냄새

멀어지는 냄새

나의 냄새

익숙한 냄새

여인들아 숨지 말자

어디서 오는 쓰라림인가
너의 쓰린 절규를
나 돌아볼 수 없어라
우리가
몇몇 탐욕에
이렇게 물어뜯겨야 하느냐

어디서 오는 아픔인가
너의 참혹한 아우성을
나 돌아볼 수도 없어라
우리가
이기적 목적에 이용되는 걸
모두 알지 않느냐

한숨소리로
더는 밤을 더디게 보내지 말자
절망으로
더는 검은 바다에 뛰어들지도 말자

여인들아
우리가 돌아설 순간이다
숨겼던 불꽃 높이 들고
어스름을 태울 순간이다

어른들은 어디로 갔을까

그리도 많던
어른들은 다 어디로 갔을까

강물에 실려가다
망부석이 되었나
부는 바람에 얹혀
먼지 되어 흩어졌나
사나운 세상일에
허우적거리는 사람들 두고
어디서 은자가 되었나

시비에 공정한
어른들은 다 어디로 갔지

"오래된 샘물 들여다보다
모두 수선화가 되었지"
지친 청년이 중얼거리며
광화문 네거리에 침을 뱉는다

우리는 뭘 해

우리는
서울에 모여
밤낮을 세운다
해뜨지 않는 날을 만들고
해지지 않는 날을 만들며
부지런히 찾고 있다
샅샅이 찾고 있다

우리는 알지
알고말고
우리가 서울평야에서
골골이 이리도 찾는 건

죽은 뼈들의 곳간에서
훔쳐낼 황금쌀
바로 그 황금쌀이라는 걸

코사지

이들이 배신할 줄을
나는 몰랐을까
그토록 많은 믿음과 눈물로
함께 묻었던 씨앗은 얼마나 자랐나

소리가 클수록 엉성했고
논리적일수록 섬세하지 못했던
내 주변 사람들

기억에서 희미해졌다

시간이 흐를수록
탐욕스런 자식은
점점 불어나고
뛰어오르는 풀여치 한 마리 되어
온 땅을 들쑤시니

함께 묻었던 민주시민의 씨앗은
너희의 코사지가 되어
오늘도
그 기억을 사치할 뿐이구나

자라나는 욕심

희어지는 머리카락은 보이겠지만
식어가는 나의 가슴은
보이지 않겠지요

아직도 그대를
이해하긴 어렵고
공감하긴 더 어렵네요

단내 나는 내 숨결
실컷 토하고 싶었어요
날계란 같은 위험한 행복일지라도

이제는
그 욕심 접어두고
그늘진 나무 밑에 앉고 싶어요

도둑들

구정물 속을 떠다니는 너희의 입
밤새 같은 색을 칠하는 너희의 손
우리는 안다

진하네 연하네 탐욕하며
깊이 없는 어지러운 광장에는
귀품을 알아보지 못하고
주판알만 튕기는 너희가 있다

우리는 참담하다
여름날 찌는 더위 속 매미처럼
애간장이 끓어 넘쳐도
울안을 누비는 너희는 도둑

너희가 목민관이냐

우리를 보아라
우리는 하늘이다
잔바람에 흔들리는 풀잎이지만
가끔은 번개칠 줄 아는 하늘이란다

모르는 곳으로 간다

이모티콘 웃음이 왔다
즐겁지 않지만
마음에 문신을 새기며
웃음 그림으로 답장한다

화장한 얼굴로
혼란을 잠재우는 꿈을 꾸며
소망을 위해 무릎 꿇지만
새로이 가는 길에서는
표정 바꾸어 나를 숨긴다

우리는
모르는 곳으로 가고 있다
우리의 안색을 버리고
이모티콘 표정으로 가고 있다

우리의 사랑

오늘 하늘은
떠나간 사람의
손등에 그려진 정맥색이었어

떠나는 사람은 남은 사랑조차
남김없이 가져가
버려진 상처 속은 언제나 허전하지

그래도 꿈을 꾸었지
지나간 사랑을
또 다른 사랑을

새로운 사랑이 약인 줄 알지만
그것마저 확신하지 못해
괜스레
떠나간 손등을 하늘에 올려놓고
설익은 수제비처럼
번들거리는 겉만 살피지

그림 읽기

미술관에서 그림을 읽는 건
스팸메일을 하나씩 처리하는 일
시간이 눈을 떠도
읽을 수 있는 그림이 없어
나는 패잔병이 되기도 한다

빛을 찾아
가을 만드는 키 낮은 꽃들아
전시장은 나에게
지금까지도 전쟁터다
액자 안에 선 여인이
저리도 수치스러워하니
외면이 옳은지 한참을 고심하다
색안경을 쓴다

자금이 된 여자들의 포스터는
설탕물에 빠진 파리
네 몸을 돌려 달라 소리쳐라
젖은 날개를 털어라
너는 그저 사람이다
몸을 읽히는 눈매에서
불편과 어색함의 교집합
그 구분은 없다

어느 소녀의 사랑

당신, 용서할게요
미워하며 살긴 싫어요
당신은 나의 용서를 받아주어야 해요
누구도 당신을 용서할 수 없어요

겁탈
폭행
욕설

당신의 사랑은
내게 해 준 게 없어요
그러나
아직 늦지 않았어요

이 세상 모든 소녀는 꽃
이 세상 모든 소녀는 샘
우리는 맑고 아름다워요

아직 늦지 않았어요
고이 자라 빛나는 여인이 되고 싶어요
내 빛을 갖게 해 줘요
어두운 곳도 환히 밝히는
내 빛을 갖게 해 줘요

여자들만의 식탁

여자들만의 식탁은
후끈거리는 목욕탕에서
잘 익은 홍합을 먹는 일이다

과묵한 여인도
조신한 여인도
이빨 세워 질겅거리며
목청을 높인다

새로운 모험을 예견하는
에피타이저마저
부럽기만 한 그녀들의 능력

여기와 저기
과거와 미래를
한 줄에 엮는 하고많은 이론들을
한꺼번에 쏟아내고
순식간에 묻으며

말의 성찬이 끝나는 두려움으로
달콤한 후식에 철저하게 매달린다

목구멍을 꽉꽉 메우며
열정을 다하는 사회인문은
먹는 것보다 먼저 빠져나가고

그래도 누구는 등대를 보았다 하고
누구는 등댓불까지 보았단다

다가올 시간

그 소나기에
꽃 지고서야
맞설 수 없다는 걸 알았다

너희의 언어는
정말 어려워
긴 망설임이 만든 물음에
마른바람으로 오는 답이
참 야박하더라

이젠 아니다
너희에 발맞추기 어렵지만
시간표는 잘 지켜 줄게
많던 날들이 줄어도
너희는 언제나 새로운 아이로 채워지고
나는 불의에 침묵하는 건 아니지만
어울리지 않는 구호에는
돌아설 줄도 알아

머지않아
몇몇 친구와 무릎을 맞대고
낮은 싱크대와
낮은 변기의 아름다움을 이야기하고
가끔씩 옆 침대의 흐느낌도 듣겠지

거두는 시간

할미와 손녀는 고추밭에 있었다

앞치마 가득
달아오른 지열이 채워지면
모기 끓는 밭고랑과
뜨거운 햇살에 익은
가슴도 함께 부렸다
흐르는 땀이 고무줄에 조인
허리춤을 땅콩처럼 부풀리고

시간도
발걸음도
붉은 빛에 잠기어
붉은 열매는 더욱 붉어지고
노을이 떠나며 남긴 선물은
많을수록 보이지 않는 어둠이었다

아들을 기다렸다
아비를 기다렸다

밤에서 시원한 바람이 불어오고
산이 없어지고
밭둑이 없어지고서야
기다리던 아들과 아비의
바쁜 발소리를 들었다

간유리 너머의 풍경

무던히도 추웠지만
전염병이 번지는 간유리 너머의
두렵고 외로운 도시
1도 사이를 금 그어
나에게 서늘하기만 한
이 도시 사람들은
사실 체온에는 크게 관심 없이
물어뜯을 사냥감만 기다리지요

희미한 그림자로 온
확인되지 않은 그것을
어느 곳도 흘려보내지 않으니
용감한 이는 창을 열어 확인하고
겁쟁이는 소멸의 때를 기다리지요
그건 시간의 간극과 다툼일 뿐
두려움의 유물은 우리 곁을 떠나지 못하고
맑은 유리문은 열리지 않아요

간유리 저편으로
남겨지는 기억들이 많아지지요
눈물 많았던 도시는
눈물이 더 필요한 마른땅이 되었고
옆자리의 꺽꺽거리는 울대의 요동은
울음의 도구가 되지 않아요

나는 보았어요
숨이 멎은 이들이 모여
파란 불꽃을 피우는 걸
불빛 따라 일렁이는 그들은
꽃 한 송이 가지지 못한 채
맨손 맨발로 불속을 헤맸어요

이런 게 일상이 되었지요
이렇게 조용한 도시에 살게 되었어요
눈조차 간유리가 되었지요

두 엇 안족 잃어버린
줄 끊어진 가야금처럼
세상에 다가서지 못하고
감당하기 어려운 시간만큼
손에 익은 비누질만 되풀이하지요
비누질 하는 동안
우리가 그은 실선이 자라
힘센 벽 될까 무서워하면서요

자랑

안팎이 벌건 저 입
수챗구멍에서 퍼지는
시끄러운 열등감 냄새

허영의 언저리를 서성이며
변화를 겁내는 아이가
여태
네 가슴 바닥에 사는구나

자랑으로 도망치지 마라
큰 것으로 작은 걸 구걸하는
너의 은신일 뿐이다

만인의 눈금은 고르지 않지만
새로운 마름질은
이를수록 좋고
넘치는 눈금일랑 아까워 마라

과학, 그대

우리는
온 마음을 다해
그대만을 숭배해

그대만을 배웠고
그대만이 자존심이고
그대만이 해답이야

잘 배우고 잘난 이들은
우리 몸도 그대라니
그대만 원망할 수 없는
지금에
마음도 혹 그대려나
그것이 궁금해

우리는 반신불수야

그대에게도
파괴와 퇴화가 있는 줄 알지만
그대의 사랑을 구하며
미지의 세계로 달려드는
우리는
불나방 로봇일까
고장 난 기계일까

자연의 냄새

폭우

마른 갈대잎 아래로
스미는 황토물이
범람의 시작이 되고
뿌리 아래 숨었던
여윈 개구리가 되살아나
또 한생을 시작하는 날

깊기만 한 개미집에
물이 들고
몸으로 쓴 일기장마저 잃어버렸다
빗줄기보다 많은
물구멍을 메워도
나의 성은 잠기고

빗방울 지는 순간
세상이 얼굴을 바꾼다
고요한 것이 움직이고
움직이던 것이 고요해진다
고요한 것은 더욱 고요해지고
움직이던 것은 더욱 맹렬해진다

세상이
한순간에 리모델링된다

동박새 사랑

그대 고와라

한겨울 붉은 화장
눈썹 곱고 입술 밝아라

그대 사랑하여
가지마다 종종걸음
애태우는 숨소리 깊어져도
오가는 바람에게도
전하지 못한 내 사랑

붉게 살다
붉게 지는 그대
발등 덮은 치마마저
시간에 져 물기는 빠지고
빛바랜 흔적 위를 떠도는
나의 피울음은

그대는 고와라

파도

검은 연미복으로
거친 숨을 몰아쉬는 노래가
밤의 팔을 맴돌아
언제나 바닷가 바위틈에서
막을 내리는 건

오래된 근원을 그리워하다
싱잉볼 입술이 베푸는
나직한 진동 따라 걷는
히말라야의 여신
쿠마리가 그리워서고

완벽한 성음으로
날아오르는 돌림노래
한 음 또 한 음
순간을 놓치지 않으려는
애쓰는 몸짓과 마음은
인어를 부르는 소리다

밤 냇가에서

숨소리를
냇물 소리에 맞추어 본다

잔돌이 쓸려가며
좁은 들을 가만히 쓰다듬는다
그 소리 속에
살아가는 것들이 발 씻는 소리는
정갈하여 아름답다

물가에 앉아
빈 병에 바람을 불면
내 울음소리가 난다
어지러워지는 머릿속이
점점 비워지고
물소리도 울음소리도 사라져
가쁜 숨만 남는다

냇물 소리가
잡히지 않는
어린 쓰르라미 소리를 내면
그 소리 속에
가만히 두 발을 넣어
가쁜 숨을 고른다

내가 부러워하는 것

지금
나는 땅이 되고 싶다
낮아서 물이 나고
낮아도 살아 있는 것이
내 위에 서 있고
쓰러지면 품을 수 있는
낮은 땅 같은 사람이 되고 싶다

지금
나는 강이 되고 싶다
더 낮은 속에서
구분 없이 살아가는 것들에
두려움 없이 스며
끝내 내 길 가는
강물 같은 사람이 되고 싶다

약속한 사람을 만나지 못해
참으로 서운해하던
한낮의 내 마음을
말없이 받아주던 강물

오늘밤
별 없는 하늘 아래 서서
조용히 흐르는 그들을 부러워한다

뜨거운 적이 있었다

수많은 갈림길에서
버틴 날들
그 길에서 만났던 그대들이여

주머니를 갹출하여
울며 흐느끼며
술에게 고백한 내 사랑을
기꺼이 안아주던 밤들

밤을 지새어 세상을 원망하고
아침이면 웃으며 지나온 길
행복을 대출받아 쓰고
적금 부어 갚을 수도 없는 것까지 고백하며

저렇게
고드름이 마당까지 자라던 밤에
나도 뜨거운 적이 있었다

여름날

푸른 풀빛 안고
저녁나절을 훑어가는 소나기
남의 집 처마 밑에 비켜서서
한참을 서성대면

일곱 빛 걸리는 동쪽 하늘
연이어 못물이
붉어지고 붉어져
소 잔등을 쓰다듬던
햇살이 무릎을 굽히고

산마저 혼이 팔려
더는 어쩔 수 없어
내 눈이 어두워지면

여름이
모기장 안에 갇히고
불현듯 엄마가 찾는 소리 들렸다

무등산

무등無等도 뼈가 있더라
그 갈라진 가슴
갈비뼈 언저리 매만지며
가늘어진 석주를 아파하더라

뜨거운 불들이
태우지 못한 서러움
마디마디 채워지고

쌓이고 묵은 것들이
켜켜이 땅을 쳐들어
나를 부를 때
나는 두 팔 들어 대답하련다

다시
그 갈라진 가슴들이 부르면
시간을 내려놓으리라
두 팔 벌려
또 대답하리라

오월 참새

몸짓이 닮았다
목소리가 닮았다
감나무 가지에서
술래잡기하는 참새 한 쌍

깃을 부풀리고
도리질하며
말을 건네고
말을 받는다

어제 바라보던 눈빛으로
어제 하던 이야기로
살갑던 한나절
갑자기
입 닫고 외면하는 하나

때로는 외면이
사랑의 첩경인 줄 안다

화색化色

절정에 다가서다
가라앉는다
살비듬이 흩어질 때
길을 재촉하던 시간도 따라가고
내 눈에 마주한
복사꽃 한 송이
곡선으로 다른 곡선을
파고들어
환한 햇살 아래서 부끄럽다

욕망은 비상구를 찾지 못하고
부끄러운 가장자리를 쓱쓱 문질러
온도를 낮춘다

꽃샘바람 애써 물러서는 밤
묵은 부평초는 거름이 되고
나이 든 금붕어는 다시 붉어진다

나는 아름답다

산에 몸을 맞추는 일이
힘든다

등 떠밀린 구름 뒤로
한 뼘씩 자라나는 숲속
솔잎을 세고
칡꽃을 즐기는 수고는
선택의 일

오래된 숲, 그 품에서
어떤 미물도
보잘것없는 건 없어서

느려지는 발걸음으로
그 속을 즐기는
나는 참 아름답다

겨울을 위하여

참나무 가지에 앉은 까치들
줄어드는 도랑물에
깃털을 헹구고

무서리가
마을 신작로를 점령하면
좁은 밭 서너 골 배추도
서둘러 밭을 비운다

늙은 느티나무가 제 잎으로
시린 발을 덮고

사람들은
점점 두꺼워져 증기기관차가 된다
하얀 김을 쏟아내며
잠깐 지나쳐 온
갈림길에서 서성이다
가던 길을 내처 갈 것이다
그 중 몇몇 기관차는
온 길을 되짚어 볼 것이다

외면

황금 차일이다
어젯밤에도 환하게 빛났고
오늘 저녁도 환하다

스치는 손길이 없다

공사장이 코앞이라
눈매 무서운 물까치들
황금 열매 진한 몸내에
허기진 눈빛으로
힘겨운 외면
조바심에 입이 마른 나도
힘겨운 외면

살구가 익었다
저 많은 황금이 버려질까
어치떼 눈과 어울려
종일 차일 위를 서성댄다

양파

뭘 고민하니?
이 젖빛 눈물은 또 뭐니?

속으로 들수록
은밀히 밝아져
세속 때를 밀어낸
비색으로 당당하고
신께 드리는 성물이고
파라오의 부장품이면서

세상사
의혹의 소용돌이 속
거울과 마주 서서
자신만 보이는 속을
채우지도 비우지도 못해
머뭇거리기만 하는데

철옹성으로 세상 바람 막아
그 흰옷 겹겹에 생명 품고
네 몸 지키는
네가 마냥 부럽기만 하다

봄날이 타다

봄이 탔다

아지랑이가 타
솔밭은 익었고
집들이 삶겼다
비상구가 없어
찢어진 살갗
한 바늘도 꿰매지 못하고
머리털 없는 머리로 하늘을 본다

솔잎 타는 소리
솔기름 내음
내가 타니 내 품의 어린 것들도
기척이 없다
숨통을 조이는 너의 힘은
비안개 속에서도 내 터럭을 죽이고
또 다른 음모를 속삭였지

바람 손잡아
불꽃 나르던 하늘아
우리를 만든 그 고운 손으로
어찌 그리 고약을 떨었느냐

나는
연기 먹은 뿌리들의 어미다
아름답던 우리를
잊지 말아라

* 고성, 양양 산불 현장을 돌아보면서

타인의 냄새

봉암사, 초파일

외벽에 헌옷으로 걸린
대웅전 옛 편액이 불편하다
뜨락 꾸미던 불두화는 어디로 갔나
희양산 견훤산성은 말이 없다

커진 전각은
씩씩한 님들이 지키시니
내 찾아뵐 분은
서마지기 반석 위의 마애불뿐

잔잔한 가사자락
두 송이 연꽃 잡은 무릎 앞에서
가슴으로 뚫던 돌구멍들
여기저기 또 저기로
물끝이 넘나들며 봄을 감추고

서둔 발길에 더워진 몸을
늦은 봄물에 식히다
허리 굽은 고목으로 버티는
일주문 기둥에 기대어
서운한 작별인사를 나눈다

처음 만난 친구

봄비 세찬 날
서울역 뒤 헐벗은 골목에서
노인은
초라한 철학자를 만났다

가난한 방으로 젖은 몸을 이끌어
묵은 곰팡이도
철학자를 만날 수 있었다
그 방의 모든 것이
둘을 지켜볼 수 있었다

스뎅 국대접에
믹스커피를 나눠 마시며
둘은 마주 보고 웃었다
오래된 꽃무늬 이불도 웃었다

비가 그치고
단칸방을 나서는 노랑머리 철학자
어눌한 한국말로
"또 와도 되지요, 친구?"
가난한 노인은
말없이 고개만 끄덕였다

봄밤

어슴푸레한 풍경 안에서
출렁이는 물소리와 기계음
어린 새들의 아린 울음이
잦아들지 않는 어린이 병동

아이의 등짝은 불타는 아궁이 속
열 손가락 열어 무엇을 맞잡는지
열린 입술은 무엇을 말하는지
타고 타도 또 탈 게 남는
어미의 가슴

하나는 문을 내리고
하나는 쓸쓸히 남는다
굽신굽신
어미의 통곡이 고요하다

봄비가 추적거리는 밤
거리는 어린 싹을 틔우는데

디오클레시안 궁에서

1

신성이 사라진
좁은 골목에 식탁이 차려지고
라벤더 향이 발길을 잡는 저녁

시간 맞추어
노인이 식탁보를 팔고
손수 뜨개질한 컵받침을 권하니
다발진 라벤더 향이
나에게로 달려든다

오래된 기둥 타고
침대를 유혹하는
젊은 남자들의 노랫소리 들리니

우뚝한 장군집도
담벼락에 기댄 하인집도
사라진 황제를 기다리며

화음을 짚고
옛터에 경계 긋던
은행원도 귀를 세운다

2
긴 그림자들
서늘한 골목으로 숨어들어
목 좋은 가게에도 눈길이 없고
골목은 기웃대는 발자욱마다
접시를 만든다

돌기둥에 기대어 황제의
긴 위엄 들을수록
까치발로 일어서는 의심
숨길 수 없어
스치는 눈동자에 마음을 건넨다

정복의 시간은 길지만
샘바닥은 보지 못한 황제여

미동 없는 그대의 샘물이
지금 나의 거울이 된다오

3
고향에 돌아온 황제 그대는
무엇을 기다리는가

정복의 잔혹에
탈곡된 영혼으로
이 땅을 만든 그대여
서로를 길들이며 살아왔지만
그대 알았을 것이오
빈손이라는 걸

창을 넘는 해풍에
무엇을 그리워하시는가
어떤 힘에도 밀리지 않는
시간을 그대 여기 살고 있는데

울기 좋은 때

해가 지는 순간에는
천지가 숨을 고른다
날던 새가 깃을 내리고
바람도 소리를 낮춘다

노을이 지는 순간이면
아이들은 울고 싶어지고
더 자란 사람들은
더 깊은 시간에 울고 싶어진다

더 깊은 시간은 몰래 울기 좋다
내 울음을 알리기 좋고
남의 울음 알기도 쉽다

이런 시간에는
수컷은 수컷대로 울고
암컷은 암컷대로 운다

더 깊은 시간에 우는 울음은
미안하고
부끄러워
차마 입으로 뱉을 수 없는
스스로에게 받는 용서이다

겨울

그 많던 발과
그 많던 말들
모두
모래밭 아래로 숨고
서리 업은 차들이
바다를 끌고 내륙으로 달린다

아른거리는 날개로
바람 막던
잠자리가 얼음에 발 담글 때
퍼지는 북극해 냄새
머리에 남은 뜨거움이
식는다

물색 따라
계절이 떠나간 바닷가

너와 나
모양도 구색도 갖추지 않은
겨울 동굴에 모여들어
차 꽁무니에 묻어온
겨울바다 품평회에 하루를 건다

출근길

빨리 걷는다

흐릿한
이 골목을 벗어나
저 넓은 차도를 공격한다
저 길을 차지한다

투사들이 자꾸 불어나
거리가 소란해지면
누구는 귀를 막아
우주의 소리에 집중하고
누구는 색안경을 끼고
게임에 빠진다

버스가 두어 번 크게 울고
억센 몸짓으로 멈추면
놀란 신호등이 파래진다
모두가 다투어 나아간다

화급한 일이 있는가
아닐 것이다
아닐 것이다
다들 마음이 그럴 것이다

벚꽃 지는 날

닻 내린 고샅길에
한 점 꽃 지는 소리 화려해라

젖무덤 타고
마음 내릴 자리 찾아
이리저리 흔들리다
낮은 담장 밑
꽃비로 지는구나

온몸으로 지는구나

어둠 속에서
흔들리며 흔들리며
피고 지고
지고 피는
요란하고 남루한 사람살이가
어찌 저 지는 꽃보다 못하랴

시낭송

이슬 묻은 나비가
스스로의 감정에 녹아
파르르 몸을 떨며
희열과 슬픔을 보태
날개를 펴고

이슬 속인 줄 모르고
퍼득퍼득
먼 길 떠났다 돌아오는
허기진 날갯짓으로
언어의 건축에 미혹되어
기도에 함몰된 이들을 유인한다

한순간 몽유병으로 번지다
치명적 독에 젖어드는 그 유인이
가슴 누르는 무거움 되고
후다닥 꿈을 깨우는 날선 화살촉으로 날아들어

나에겐 아직 어색한 기도문이다

달항아리

엄청 엄전하다

해묵은 효자손과
아이들의 단소가
제 집처럼 편안하고
진실 담은 부른 배는
아이 서넛 낳은 어미의 모습으로
모자라는 서로를 부둥켜안았다

완벽을 꿈꾸었기에
너저분한 세상
너른 가슴에 품고
대칭점이 비틀린
일그러진 몸이
단색의 무명옷으로도
한없이 당당하다

어떤 무시에도 침묵하고
어떤 손길도 내치지 않는 너는
거침없이 핥아대는 뜨거운 긴 혓바닥에
좌절, 또 좌절을 만났으리라

숭배의
눈길이나 언사를
받아본 적 없는
너 달항아리 모사품
반닫이 위에서 제법이다

빈자리

눕고 싶다
이 공동묘지에
가로세로 켜켜이 누운 사람들
그 사이에 누울 자리 하나 없을까

산도 아닌 봉긋한 언덕이
북망산이라니
왕후장상도 한 자리
갓난쟁이도 한 자리
이 땅에 잠든
높고 낮은 사람들
있고 없는 사람들

더께더께 묻히고 또 묻혀
시간이 순서를 만들다
잃어버린 땅

망주도 상석도
내 것이 아니어도 좋은
여기 공동묘지

누운 사람들
그 사람마다마다 그득하던
가슴 소리 듣고 일어나야지

아드리아해

청록빛 융단이다
융단 위에 누워 본다
짠물 위에 눕는다

시간 따라 인심이 가고
은혜와 원수가 뒤바뀌고
주인 따라 믿음이 바뀌어
짠물 위는 싸움터가 되었다

그러든 말든
한 색 물감 고루 풀어
신의 자리 지키며
이 좁은 수로에서
어색하지 않은 호기심으로
그대 닮은 사람들이 산다

두려움 속에서
남자와 여자가 만나
옥빛 파도 속으로
지는 해 아끼는 나이든 부부 되어도
신이 만든 이 짠물 융단은
닳지도 헐지도 않는구나

어느 학생의 고백

나는 아흔 번 봄을 만났어
학교를 안 간 게 아니라
90년이나 공부하는 거야

나는
아흔 번째 봄을 맞았고
아흔 번의 사랑을 만들었고
아흔 번의 실연을 배우고 있지

아직도 배울 게 많아
나의 학교는 끝나지 않았어
배울 게 있다는 건
또 다른 봄이 있다는 증명이거든

나에게 아흔은
아직 공부의 진행형이야

어둠의 꼬리

어둔 빛이 밤을 밝힌다

강물이 마른 모래둑을
거닐 때
알 낳는 청거북
등가죽 비추고
수달의 몸자국 보여 주고
새끼 밥 챙겨가는
부엉이 길도 밝힌다

빛이 곤해지고
어둠을 밟던 발들 제 방에 들면
어두운 빛이 사리는 꼬리는 짧아

동쪽은
잠결 속에서 붉어진다

노숙자의 새벽

새 돌아오고
새순 돋아도
찬비 피할 데 없는
나와는 무관한 일

새벽을 쓰는 비질에
한 발 들고 또 한 발 들고
지붕 없어 춥고 섧어라

도시를 깨우는 첫차들 소리
공연히 싫어 돌아눕는다
세상을 피해 돌아눕는다

빈자 없던 시절 없었고
부자 없던 날 없었거늘
이젠
너무 멀어진 사람과 사람들
더욱더 멀어지겠지

누운 자리마다 내 집인 양 알고
널린 옷마다 내 입은 양 치지만
오로지
빌어먹는 입이 서글프다

멀어지는 냄새

나비

깨끗이 닦인
엄마의 작은 몸을
꼭 안아본다
발끝이 시리다

이별치장한
가는 더듬이를 눕히니
붉은 입술이 새파랗게 떤다

오래 곁을 지킨 것은
소중하지만
이젠 보낼 때가 되었나 보다

먼 데 옷이
삼베이불에 싸이고
마디마디 띠 둘러
꽃신마저 숨어드니

부디 고운 나비 되소서
부디 고운 나비 되소서

나의 동안거

새벽 법고 소리
멀리 날아
세상을 깨우는 시린 손이
어둠에 떨 때
내 마음도 치복을 입는다

배워서 하는 것들 넘어서면
마음의 짐들 줄어들까

내가 그은 금 위에
똑바로 서 있기는 하는가

찾는 게 무엇이기에
나의 동안거는 여즉 계속되는지

옥상에서

햇살이 허물어진다
찻길이 뺑뺑이를 돈다
하늘 속을 숨차게 차가 달린다
두려움에 맞잡은 손 놓지 못하고
연거푸 허공을 차오르며
괴성을 질러본다

멀어지는 물상들
삼씨 같은 인간들이
포대에 싸여 굴러간다
죽은 목숨이
산목숨들 하찮은 꼴에
선웃음 짓는다
코웃음친다
하늘 닿은 옥상에 착륙한다

하아 참
나는 낙엽인데 용오름을 하네

해가 까무러진다
덧난 상처 도려내는
추운 시간 다가서지만
너른 하늘 맘껏 보는
이곳이 맘에 든다

얼마나 머물 수 있을까
또 다른 바람 만나
쫓겨나야 하는가

은허

전설 속의 시간들이
우리를 찾아오는데
그리는 그림들이
작아지고 또 작아진다

모닥불 피워
매운 연기 안아올리는
제사장의 웅얼거림이
조용조용 땅을 떠나고
산도 물도 제 길 따라 멀리 떠났다

저 큰 짐승들은 어디서 왔을까
저 큰 거북들은 어디에서 왔을까

용골에서 태어나고
갑골에서 태어나
문자로 살아낸 시간을
인사 받는
은허

막막한 시간셈법 잊지 않고
수천 년 묵언수행으로
우리를 찾아와
얼마나 반가운지

버림받은 신

무매독자 그 하나를 팔아
신이 된 벼랑바위
칠석날 새벽어둠 속에서
작은 등불은 무서웠다
긴 기도 속
깊은 산 숨소리에
소름이 솟구쳤다

얼마나 무거운 이슬이었던가

긴 콩골을 빠져나오면
치맛자락은 물이 흐르고
검정고무신은 몇 번인가 벗겨져
어둠을 더듬게 하였던지

그 큰 바위신에 금줄 친 고부姑婦는
정화수 올리고
한 남자의 무병장수를
몸에 새겨진 문신처럼
그리도 오랜 계절 쓰다듬었다

얼음이 풀려
새벽이슬 내리기 시작하고
어미보다 아들이 앞선 날
끈 떨어진 두레박 신세를 한탄하다
여자들은 잔인한 신을 버렸다

그리움일까

아버지가 바람 된 지
참 오래다

가끔씩
그날 그 바람이
가득 채워지길 바라는 건
꼭 그리움이
아닐 수도 있다

언 길 위에 오르는 입김 속에서
꿈속을 더듬거리다
봄바람 따라
휙
나뭇짐 지게 위에 꽂힌 진달래꽃으로
돌아오는 오윤의 아버지처럼

아직도
그날 그 바람 속에서
참꽃 한 짐 지고
대문을
들어서던 아버지가 있다

그리움이겠지

이언 땅에서

허우적거린다
나와 또 다른 나의
무의식 속에
내가 모르는
삶의 방정식이 숨어 있지 싶어서

그 방정식을 녹이기 위해
고드름 단단해지는 밤마다
아궁이 덥혀
몸을 녹여 보지만
빈집엔
어떤 숨결도 남아 있지 않아

별다른 계책도 없는 나는
위로가 필요해
꼭 당신이 아니어도 괜찮아

이 언 땅을
이리도 헤매는 나는
아직도 심을 게 남아서일까

그리움에 색칠합니다

외가닥 끈으로 이어졌던 실이
뚝 끊어졌습니다

처음 당신을 만나던 날
그 새벽 청보랏빛으로
그 저녁 홍보랏빛으로
축축하고 마른 기운 사이에
입언하고 자연으로 서 있던 당신
풋내나는 많은 꽃잎들과
마구 자라나는 풀들 어루어
긴 언어 짧은 언어로
고루고루 연연해하던 울타리 없는 터에서
아삭거리는 이야기에 마음 섞을 때
함께 색칠한 푸른 구름과 바람이 새겨진
그 끈을 만지작거리는 건
또한 저의 그리움이지요

스스로를 의심하던 풀잎 하나를
흥분 없는 의자에 앉혀
조용히 밀고 당긴 당신
참 아름다운 사람입니다

차차로이 희미해지는 촛불 이어 돋우고
잦아드는 향내 마음에 새기며
오늘밤 당신께 한 발짝 다가서서

다시는 이어지지 않을
가는 실 한 오라기
사리고 사려
서랍장 깊이 넣습니다

* 김석환 시인 작고 일 년 날

늦은 가을날에

발자국으로 낮아진 밭두둑

끝까지
들판 지키던 배추들마저
떠날 채비를 한다

나에겐
푸르렀던 기억마저 없어지리라
먼지 뒹구는 내 문간을
누가 들여다볼까마는
그래도 마당은 쓸어야지

마디 굵은 손으로
가슴 더듬어 남은 걸 찾아보지만
분화구
그 속은 더욱 휑하구나

내일은 눈이 내려서
아주아주 많이 내려서
그 속에서 땅과 함께 얼었다가
날이 풀리면
같이 녹아도 괜찮을 것이야

지지 않는 때

모두 나비가 되었다

이젠 내가 어른이고 주인이다
머리 하얀 어머니를
가끔 언덕 너머에서 본다

해 질 녘
머리 흰 노인 만나
골목으로 찾아드는 느린 걸음을
한참 배웅한다

흰옷에 묻은 진한 때처럼
지지도 않는
그리움을 만지작거리다
흔적도 남지 않은 길바닥을
오래 배웅한다

나비 된 모두를 배웅하는 하루다

판화

잠잘 준비를 마친 밤
아들이 너른 등을 들이밀면
다 큰 남자의
살점이 남김없이 옮겨온다
빈틈없이 지문을 남기고
등짝을 힘주어 때린다

아야 아야
지문이 확인된다

손톱 지난 자리마다
붉은 선이 선명하고
손바닥무늬는 판화가 된다
내 마음이 콱콱 찍힌다

나는 어둡다

서로를 털 고르는 시간
시간은 색기色氣를 빼
순수의 검정으로 압축되고
검정의 어둠은 더 어둡다

유도등 없는 출구는
세련된 욕망으로
허공을 감싸는 품만 넓어져
하늘에 잠기면
늙은 별들이 정해진 길을 가듯
그저 걷기만 하는 나의 발길
어둠을 가는 발길

나는 아직
아직 너무 어두운데
그대의 어둠은 물러섰나요
맑은 물소리는 들리나요

맑은 마음 봤다는
그대는
지금 그대 마음과 소풍하고 있나요

잊혀진 사람

실오라기 떼어내듯
너는 그리하였지
따뜻하지 않아서
쉽게 돌아설 수 없었어

그래도 그래도
긴 기다림은 쉬이 끝나지 않았지만
길 없는 산을 넘고서야
새 길을 찾았지

내가
한 바가지 마중물도 못 되는 걸
스스로 안 것은
너 때문이 아니야
나의 용기였어

4월 함박눈

연두색 고운 언덕에
하얀 꽃잎으로
자옥이 눈발 날리던 날
아득한 소실점 속으로
사라지던 당신
함박눈만 가득했다오

정한 것 없이
서로에게 쏟은 가슴뿐
계절은 탑이 되지 않았고
쌓을 수도
녹일 수도
없는
포개진 얼음색 음영만 오가고

저 깊이
나의 동시집에 사는 당신
차차로이 점마저 소실되어
4월 함박눈으로 녹고 있다오

그냥 가시나요?

무엇을 소원하는지요

참 오래도록 무릎 꿇은 당신
영험한 신 앞에
후미진 가슴 드러내지 못하고
무거운 마음 털어내지 못하고
지고 온 짐을 다시 등에 업네요

사뭇 바라만 보다
또 멀어져 가시나요

하소연할 수 없어
슬픈 당신
깊은 가슴은 말할 수 없어
그냥 안고 가는 수밖에 없나요
그리도 어려운 당신

아, 오늘도
그냥 돌아서는군요

나의 냄새

낙화

마당구석을 서성대던 매화년이
치마 끝을 호르르 말아올리며
놈을 따라 나선다

기웃거리던 내 마음
허전하고 민망하다
긴 날들 어이 보낼꼬
이제사 후회한다

뽀얀 볼
깊은 향기
아쉬움은 늘상이려니

내 앞에서 꽃핀 너의 의미를
어찌 모르며
새하얗게 앙다짐하던 입술
내 어찌 모르랴

넌
꽃의 모임에서 말이 없었고
나를 대함에 의문이 없었는데
네년 꽃술 하나 품기 전에
춘풍놈 따라가는구나

봄날 전화

오늘 마을회관에서
누구랑 뭐 하셨어
하긴 뭘 해 그냥 누웠다 왔지

화투는 좀 느셨나
짝도 못 찾는데 뭘
뒤에서 잠이나 자다 오지

고추모종 언제 하지
야야,
봄마다 그리 묻노
늦었다 얼른 심어라

여든하고 반을 넘는 엄마
고추모종 핑계 삼아
이리 당기고
저리 밀어본다
전화 고맙데이
이서방하고 아아들 자알 거두거라

올봄엔 누구에게
고추모종 때를 알아볼거나

물살 이는 밤

사랑하는 사람들의 숨결로
내 사랑을 확인하는
이 시간에는
산 조가비도
죽은 조가비도 소리 내어 운다
깊은 밤이면 더 높은 소리로 운다
산 것은 고달파서 울고
죽은 것은 버려져서 운다

나는 유령인가 보다
밤에는 늘 조가비 울음이 들린다
늘 물살 소리가 들린다
욕망의 물살 소리에는
언제나 수치심이 일어
차라리 유령이길 바란다

허튼 바래임으로
흐르는 걸 막지 못하고
시간의 곧은 선에 서서
물살 소리를 막을 수 있는 건
사랑하는 사람들을
내 가슴에 꼭 품는 일뿐이다

흔들림과 움직임

내가 이렇게 흔들리는 건
바람 없는 여름 한낮을 채우는
매미 울음 때문인지 모른다

스스로 깎아낸 자리
몸 던져 내리는 물길이
더 깊이 바위를 끌질하듯

흔들린다

흔드는 게 없었다면
칼날 같던 말
가슴 후비던 눈길들에
밑그림 없이 지어진 집처럼
그 불안한
자리지킴이 지루했으리라

움직인다

움직임이 없었다면
달려들던 힘
쫓아오던 발길들에
자갈길 위에 흩어진 체액처럼
그 참혹한
마른 눈물이 억울했으리라

흔들림에 발자국 포개고 포개면
어떤 바람에도
악수 청하고
동행할 수 있었지

우리가 사는 하루

시간이 발등을 지나
허리에 오르면 배가 고프다
쓸모없는 기억의 환영 속에서도
밥이 있는 데에
사는 뿌리가 깊어진다

땀은 끼니이니
밥알보다 더 많은 땀을 흘려야
밥 한 그릇 얻어
벌판을 헤엄칠 수 있다

지하 단칸방
죄 없는 그 방바닥을 힘주어 문지른다
퍽퍽한 하루에
소주 한 잔 더하길 소원하면
소주 한 잔이
정화수 한 사발로 살아올라
동해바다의 파도가 된다
펄쩍거리는 바다와
소주 한 잔을 그리워하는 게
우리가 사는 오늘이다

나의 길 내기

간 길을 또 가면 길이 되기에
땅 파는 두더지도
숲을 기는 풀벌레도
길을 낸다

걷고 돌아서면 흔적마저 사라지는
재주 없는 사람, 여기
제자리에 서서 점만 만든다
한 점에서 맴을 돈다
돌고돌다 하늘 이고 선 숲에게
이것도 길인가
물어본다

갸우뚱거리는 숲

멀뚱멀뚱
허공에
보이지 않는 색실만 매단다
내 이럴 줄 알았겠나

삶

집을 지었다
산중턱에 내가 살
집을 지었다

설레임 가득한 괴로움이고
단꿈에 빠진 아픔이었다

그 속에서
생명이 가고
생명이 왔다
오래오래 많은 숨결이 뒤섞였다

부동산을 짓지 않았음에
후회는 없다

삶을 짓는 일은
내일도
층계를 닦고
배관을 손보고
담장을 칠하는 일이다

정글

살아 있거나 죽어진 것들이
빠진 데 없이 채워져
예민한 감각을 곤두세우는 땅

밤낮없이 질척거리는 이 공포에서
잡거나 잡히는 건
힘만으로 정해지지 않는다
잘 진화된 우리의 무리에게
버려진 몇몇 마른 풀뿌리만
나의 몫이 되고

아픔 모르는
굳건한 심장들이 더욱 많아져
적응이 어려워지는
더 복잡해진 법칙에
인간정글은 끝없이 넓어져도
내 사냥터는 좁아지기만 한다

방향을 잃기 십상인
장대비 내리는 한밤중에도
나는 홀로 정글에 서 있을 때가 많다

휴화산이 되는 법

검게 그을린 하늘 저 끝까지
목청 높인 노래와
가짓수 많은 이야기와
과한 농담에 취하여
퍼올리던 붉은 물을 잊고
뜨거움 속에 서 있음도 잊었다

양껏 퍼올리고
퍼올린 용암이 골짜기를 채울 때에도
그 속에 있었다
활화산의 용암 속에 있었다
용암에 녹은 몸이 걷는다
길을 내며 고온으로 걷는다

그런 밤엔
분출보다 긴 시간
가물거리는 촛불에
호흡을 낮추고 맥박을 낮춘다

심장의 펌프가 느려져
피흐름이 느려지면
용암의 온도도 낮아져
검은 막이 덮이고
그 속에서 나도 휴화산이 된다

조용한 시간 길어지고
진한 구름 오래 지나면
내 식은 가슴에
물총새 깃털 닮은 이끼 자라나
안개를 부르고
민달팽이 바삐 길을 만든다

돌아가는 길

정해진 곳으로 향하는
나는
육신 곳곳에 잠깐씩 짚불 피우다
나에게 죽임 당할 것이오

이 많은 살을 다 먹고
더 먹을 것이 없을 때
나는
스스로 목숨을 내려놓을 것이외다

긴 시간 나를 감싸던
헝겊들과 병원 향이
가쁜 숨을 엿볼 때
나는
웃고 싶으오

발 밑은 수장고요
얼룩진 내 **뼈**를 감출 수장고
그 한 귀퉁이에 던져지면
어떤 의식에도 흠향 없이
나를 만든 먼지로 돌아가려오

가장

냉기의 시간이 다가서도
양糧 찾는 시간은 늦출 수가 없다
따스함 나누는 가축을 안고
웃음으로 환심 사는 아이들 뒤로
환송의 숨을 뿌린다

눈이 내리기 전까진
평화스런 일상을 분주함으로 메꾸던
손 흔들어 배웅하는 식구들을 뒤에 두고
양을 찾아 나선다

바람기 없는 구릉으로
양 찾아나서는 아비
언덕 위에 서서
마른 풀잎 미소로 손을 흔든다
문간에서도 손을 흔든다

마른 풀잎도 웃을 줄은 아는구나

나는 양을 찾으러 가야 한다
얼어붙은 눈밭 위에 새 눈이 덮인다
빈손은 돌아서지 못한다
눈을 헤치며 나아가야 한다
먼 눈길 꽂히는 등이 시려온다

가을 냄새

높아지는 빌딩들
그 사이로 흐르는 내음
가을이 조금씩 기웃기웃
외로움을 풍긴다

잔잔한 찬기운이
뜨거운 입술을 누르며
문득 곁에 선다
이른 저녁 나눈 친구가
취한 걸음으로 떠나고

빌딩 사이
깊이 잠든 빈 의자에
인사 없이 몸을 누이는
남자도 아니고 여자도 아닌
사람을
발밑 스치는 낯선 바람이
등을 세워 주고 떠난다

차 안을 가득 채우는
쓸쓸한 냄새와
혀 짧은 인사에
넙죽 자리를 내주는 분홍색 의자

차암
차 안의 하늘들이 눈짓을 나눈다

마음

창을 넓게 여는 계절
수수와 서숙이 한 밭에서
같은 불에 익어간다

많은 시간 담아
풍경 그리는 계곡물
돌 틈에 숨은 생명 어르는
물거울의 참말은 덮을 수가 없다

돌 깎는 작은 물살 보며
겉 때도 벗지 못한 나에게
혀를 차지만

외면 받고
늦어져도
정情 따라 살아가야지

같은 생각으로
함께 웃는 건
한 밭에 촘촘히 모여서서
익어가는 즐거움을 같이하는
곡식 같은 것

나이 들어 즐거워하는 건
불볕에 잘 익은 곡식처럼
견뎌온 시간에
스스로 감사하는 것이리라

집수리

포개어진 먼지가 부끄럽다
장판 밑에 숨겨진 지전 한 푼 없고
오르내리는 짐들만
짧은 목례로 스친 시간들

남편을 흔드는 촛불도
뒤 베란다의 내 잠자리도
시간에 맡기어

살면서 집 안을 손보는 건
썩 깊어진 속병을 고치는 일

여기는 무대
나는 무대 뒤의 배우
이 시간 싸움의 막이 내리면
커튼콜은 받을 수 있을까

여자들만의 식탁

펴낸날   초판 1쇄 2023년 9월 20일

지은이   김경조
펴낸이   서용순
펴낸곳   이지출판

출판등록   1997년 9월 10일
등록번호   제300-2005-156호
주소   03131 서울시 종로구 율곡로6길 36 월드오피스텔 903호
대표전화   02-743-7661 **팩스** 02-743-7621
이메일   easy7661@naver.com
인쇄   ICAN
물류   (주)비앤북스

값 12,000원

ISBN 979-11-5555-206-3 03810

여자들만의 식탁